봄눈

b판시선 003

김병섭 시집

봄 눈

도서출판 b

| 일러두기 |

시에서 낯선 말들은 오른쪽에 설명을 곁들였다. 그 설명은 주로 충남 서산·태안 지역에서 사용하는
의미로 풀이된 것이다. 따라서 다른 지역에서 사용하는 발음이나 의미와는 차이가 있을 수 있으며
사전적 정의와도 다를 수가 있다.

| 시인의 말 |

쉰하나 쉰둘, 까부른다고 까불다보니 검불마당 뒷목입니다.

서산에서 김병섭

| 차 례 |

청개구리

밤낮 거겨가갸
말시피던 아이는
엄마를 냇가에 묻고
왜왜왜 운다더니
개밥바라기 까치밥부턴가
쪽달 오그린 바람창
찬이슬 석 달 열흘
애면글면 붙박여 있다

말시피던 잔소리하게 하던

개밥바라기 개가 배고파서 저녁밥을 기다릴 무렵 뜨는 별

까치밤 (조선어) 해가 지고 한 시간쯤 지난 때

바람창 늘 바람이 드나들 수 있도록 만든 창. 방충망

애면글면 힘에 겨운 일을 이루려고 온갖 힘을 다하는 모양

가을소리

−日樂寺에서

삼층석탑 귀떨어진 안마당 살강살강 까치발 선 풍경소리

약수터 때때중 돌배 동동 배꼽 쪼록쪼록 단물 고이는 소리

玄音堂 섬돌 흰고무신 콧등 옥실옥실 가을햇볕 뜸 드는 소리

日樂寺 일락사. 충남 서산시 해미면 황락리 일락산에 있는 절

귀떨어진 모퉁이가 깨어진

때때중 나이가 어린 중

玄音堂 현음당. 승려들이 살림하는 집

섬돌 집채와 뜰을 오르내릴 수 있게 놓은 돌층계

작은추석

알알이 영근
아끼바리
옛살라비 그리워
숙인 고개
옴팡 아귀트는
논바닥

참새 새끼들
여읜
논틀밭틀
기우뚱 올려다보는
허수아비
쭉은 속가슴

휑덩그렁한 달무리

작은추석 추석 전날

아끼바리 (일본어) 일본에서 수입한 벼 품종

옛살라비 태어난 곳

옴팡 전부 다

아귀트는 싹이 트는

여읜 자식을 짝지어 보낸

논틀밭틀 논두렁과 밭두렁을 따라서 난 좁은 길

쭉은 속이 빈

석류

그놈

주둥이 놀려
틈틈이 가시 박으며
뚱그렇더니
늦가을 된서리 맞아
배 터졌구나

고얀 놈

가시 박으며 공격을 하거나 악의 있는 말을 하며

된서리 늦가을에 많이 내린 서리

씨박거미

개방환가 세계환가 된다니께
까치삼 옆댕이 박가늠이
보매보다 탐디게 맹근 무공해쌀인디
올히두 농산물직판장 열어
배차 무수 나부랭이는 개갈 안 나게 넹겼지만
당체 밑질긴 게 둔사지야지
허긴 요새 애덜 밤낮 피자 타령이구
내남윲이 가루것 찾지
삼시 세 끼 밥 챙간을 대남
후이겨윲이 꼬약거리다 해다갔으니
푸욱 푹 죽이나 쒀 쇠아치 주지
예라이 씨박거 쌀

까치삼 까치샘

보매보다 보기보다

탐디게 탐스럽게

나부랭이 물건을 낮잡아 이르는 말

개갈 안 나게 분명하게 마무리가 안 되게

당체 처음부터 도무지

밑질긴 한번 앉으면 좀처럼 일어날 줄 모르는

둔사지야지 팔려야지

내남윲이 나나 남이나 마찬가지로

가루것 밀가루 음식

삼시 아침 점심 저녁의 끼니때

챙간 끼어들어 간섭함

후이겨윲이 사리나 도리에 맞춰 생각하는 바 없이

꼬약거리다 소리지르다

해다갔으니 저녁때가 되었으니

쇠아치 송아지

애동지

삼천만 잠들었을 때 우리는 깨어

시청 앞 광장
날 선 호루라기
막아선 바리케이트

쌀 개방도 개혁이냐 국민투표 실시하라

성조기 불태우는
뜨거운 얼굴
눈 털며 진저리치는
옥녀봉 소나무
빙판길 부르쥔 빈주먹들

돌아눕는 여윈잠
아린 발가락
꼼틀거리는 긴긴밤 애동지

삼천만 잠들었을 때 우리는 깨어 농민가(農民歌) 앞부분

진저리치는 차가운 것이 몸에 닿아 으스스 떠는

부르쥔 단단히 움켜쥔

여윈잠 깊이 들지 않은 잠

집알이

한양 길은 이전이나 지끔이나 멀고 더딘가 보다 역 구텡이
오빠 쉬었다 가 끝내줄게 팔짱 끼는 색시 그늘웃음기 만만찮다
흠흠 어쩌면 그렇게 색색 홍등을 닮았을까

경기도 부천시 원미구 역곡동 11-3번지 어덕쟁이 뫼드는
옷섶마다 두톨박이 아람 회리밤 안방 거름방 풀랑거린다 사과
두 접시 귤 세 주먹 맥주 너댓 병 놓고 둥글넓적 둘러앉은
핫어미 핫아비 얼굴 보치성읇는 물가에 우당탕 자라는 아이들
날마다 꼭 맥히는 병모가지 달래 먹고 맴맴 정치판까지 야중이
구워 온 오징어 다리 아뜨어뜨 씹으며 냉긴 반 잔 털어 넣는다
사과 한 쪽 입가슴한다 시간이 저렇게 지났나 가야 할 집구석
주섬주섬 일어서고 남은 발꾸락 홅이불깃 들추는 건밤

타동 생활 15년 만에 32평 아파트 장만했지만 그저 머슴일
뿐이라는 할배 녀석 기우듬히 치대는 한퍼짝 63빌딩 불빛은
잦아들고 발 곱은 경운기 소리 겨울라오고

집알이 새로 이사한 집에 집 구경 겸 인사로 찾아보는 일

아람 충분히 익어 저절로 떨어질 정도가 된 열매

회리밤 동그랗게 생긴 외톨밤

거름방 안방의 건너편에 있는 방

풀랑거린다 가볍고 빠르게 자꾸 들랑거린다

핫어미 남편이 있는 여자

보치성없는 남과 잘 사귀는 사근사근한 성질이 없는

야중이 나중에

입가슴 무엇을 먹거나 마심으로써 입 안을 개운하게 함

건밤 잠을 자지 않고 뜬눈으로 새우는 밤

한퍼짝 어느 한쪽

곱은 얼어서 감각이 없고 놀리기가 어려운

절이 싫다 떠나면

-배관사 양문기

쌍팔년 남대문 청과물장사 홀랑 털어먹고
불알 밑천 달랑덜렁 삽교천 건넜어
칠인찌 구라인다질 삼년만 삼천만 이를 갈았지
발등에 스러지는 수북한 불똥무덤들
저녁마다 댓 잔 뭉그러뜨리지만
새벽이면 꿇어앉아 이리 이리이리 기도한다야
툭하면 좆같네 좆같네 장갑부터 벗는데
땡추가 절이 싫다 떠나면 어디 간다니
먹다 남은 짜장면 같은 세상 어떻게 산다니
야간작업 딱딱 손발을 맞추려면
위아래 엎치락뒤치락 더듬적거리기 마련
헛기침하는 사무실 애들 앞에서든 뒤에서든
씹할 좆같이만 꿋꿋해봐 누가 뭐라나
현장은 도낀개낀 오나가나 배관은 수평이더라
좌우지간 찌울지 않게 다림을 하겠다며
들무새 곧은목지 찾지 않았남
가자 노동 어쩌구저쩌구 소리치지 않았남

배관사 배관 일을 하는 기술자

땡추 지켜야 할 계율을 지키지 않는 승려

더듬적거리기 찾거나 알아보려고 느릿느릿하게 이리저리 만져보기

도낀개낀 윷놀이에서 도로 가나 개로 가나 별 차이가 없다는 말

다림 수평으로 반듯한지 수직으로 곧추섰는지 헤아려보는 일

들무새 몸을 사리지 않고 남의 궂은일을 힘껏 도움

곧은목지 곧장 앞만 보고 가는 사람

모래기재

오랜 달구름
모래바람뿐이었어

두 되들이 들기름병 가르맛길 오를 때
서낭당 서낭 두 아름
마주 기울어 아찔아찔 까마득한데
어덕배기 라면땅 할아버지는
저 소나무 맞닿는 날 통일될 거다 했지
잘 있거라 아우들아 정든 교실아
딸깍거리는 책보 스나스나 풀린 해토머리
뿌리목 알것 드러나는 까치눈
우두둑 접질린 목두기
굴왕신같은 그림자 쩔뚝거리며
교장바위 동학혁명탑 어서리 쫓겨 갔나

휭한 벗나래
황사하늘뿐이었어

모래기재 충남 태안군 남문리 시장에서 삭선리로 넘어가는 고개

달구름 세월

서낭 서낭신이 붙어 있다는 나무

아름 두 팔을 둥글게 모아 만든 둘레 안에 들 만한 분량

어덕배기 언덕

라면땅 과자 이름

스니스나 모르는 사이에 하나하나

해토머리 얼었던 땅이 녹아서 풀리기 시작할 때

뿌리목 땅속뿌리와 땅위줄기의 경계가 되는 부분

알젓 양말이 해져서 밖으로 비어져 나온 발가락

까치눈 발가락 밑 접힌 금에 살이 터지고 갈라진 자리

접질린 심한 충격으로 삔 지경에 이른

목두기 이름이 무엇인지 알 수 없는 귀신의 이름

굴왕신같은 몹시 낡아 더럽고 흉한

교장바위(絞杖岩) 동학혁명군을 목 졸라 죽이고 때려죽인 바위

어서리 구역과 구역의 경계 지점이나 그 테두리 안

벗나래 세상

도리도리 짝짜꿍

-조공 한만수

까불까불 네 살배기 쌍둥이 진종일 불러내는 미끄럼틀 그네
탯줄 같은 아내 동그란 김밥 노랑 가방 오쫄오쫄 서울랜드
못 가지만 엄마 앞에서 짝짜꿍 아빠 앞에서 짝짜꿍 초슬목
재롱잔치 한바탕 잠투세 소쩍소쩍 잠떳을 하기 전에 잘 박아도
못 박는 거푸집 가장자리 만질수록 물 나오는 옆구리 저녁
내내 솔기 전에 낼모레 동동 밀린 품값이 나온다면

목장갑 두매한짝 알은체할 때 뺏심껏 일해야 했어 마흔아홉
그믐치 한 보지락 을비치는 등마루 허이허이 오르는 보리밭길
엎어지면 코 닿을 데 미끄러워 콧방 빠치고 턱방아 찧는 깜부기
오미 엎치는 데 덮치는 허방다리 낭어덕 아뿔싸 오금 저린
늘옴치래기 엄마 한숨은 잠자고 아빠 주름살 펴져라 아는지
모르는지 잘래잘래 체머리 흔드는 토방 건너 할미꽃

28

조공 (일본어) 다른 사람의 일을 거들어 주는 곁꾼

탓숭 (베트남어) 집도마뱀

초슬목 이른 저녁

잠투세 잠을 자려고 할 때나 잠이 깰 때 짜증부리는 짓

잠떳 잠꼬대

거푸집 모형이나 틀. 몸의 겉모양

술기 물기가 말라서 굳어지기

낼모레 동동 준다는 약속 날짜에 주지 않고 미루기만 한다는 말

두매한짝 다섯 손가락

그믐치 그믐 무렵 내리는 비

보지락 땅에 보습이 들어가는 깊이만큼 빗물이 땅에 스며든 정도

울비치는 (조선어) 어른거리게 비치는

허이허이 (조선어) 손발을 이리저리 힘겹게 내젓는 모양

오미 평지보다 조금 낮아서 수초와 물이 있는 곳

낭어덕 낭떠러지

늘옴치래기 늘었다 줄었다 하는 물건

체머리 머리가 저절로 흔들리는 병적 현상을 보이는 머리

뭐해 놨어

소가 넘어갔어
동네방네 손저음 받으며
여봐란 듯
판문점 통과했어

알고 있었니
소 판 목돈 훔친 소년
그의 눈에 흙이 들어가기 전
긔 눈에 펄이 박힌 아픔
바다를 막아 獄土로
왕회장 空法

속아 넘어갔어
금강산 일만 이천 봉
만민의 념원 주체사상탑까지
죄다 뭐해 놨어

손저음 (조선어) 환영하거나 배웅하는 뜻으로 손을 젓는 일

긔 게

왕회장(王會長) 현대그룹 정주영 명예회장

죄다 남김없이 모조리

풍경

손사래 살랑살랑 창언덕길 그리매야
미리내 아스라이 개똥벌레 이는구나
야마천 짚신할아비 무고한지 여쭈런

풍경(風磬) 처마 끝에 다는 작은 종

손사래 손을 펴서 내젓는 행동

그리매 그림자

미리내 은하수

야마천(夜摩天) 육욕천의 셋째 하늘. 밤낮의 구분이 없고 시간에 따라 여러
　　　가지 환락을 누리는 곳인데 이곳의 하루는 인간 세상의 200년과 같다

짚신할아비 견우성

잠 좀 자자

오늘은 35도래
더워 죽는 줄 알았어
밤잠을 설쳤거든

긴소매 청바지
소금꽃 허연 등짝들이
등걸잠 자는
합판 쪼가리 낮참

식당 앞 몇 발짝
워쩐지 뒤통수가 따갑담
질래 화닥거리는
안개구름 낀 밤옜남

퇴근버스에 앉아설라무니
쑤군대지 말어
복다람이 그럼 쓰나

34

소금꽃 땀이 마르면서 옷에 하얗게 드러나는 소금기

등걸잠 옷을 입은 채 아무데나 쓰러져 자는 잠

낮참 일을 하다가 점심 먹고 잠시 쉬는 동안

화닥거리는 화끈거리고 뜨끔거리는

앉아설라무니 앉아서는

복다림 복이 들어 몹시 더운 철

중복

왕매미소리
쉭헌
소꿉마당

까무룩
꽃잠
깍쟁이 머리맡

구만리하늘
담은
맹물 보새기

톡, 톡 건드리는 밀잠자리

통통
솔개그늘 찾는
쏙수리감

중복(中伏) 삼복(三伏) 가운데 하나.

　　　하지(夏至)가 지난 뒤 네 번째 경일(庚日)에 든다

왕매미 말매미

쉭헌 한동안 뜸한

꽃잠 깊이 든 잠

보새기 작은 사발

솔개그늘 솔개만큼 아주 작은 그늘

쏙수리감 약간 길쭉하고 끝이 뾰족한 재래종 감

나랏말ㅆ미

-고래싸움

우리는 1979년 겨울과 80년 봄을… 민주화를 이룰 수 있다는
기대감에 가슴이 설레… 민주 헌정질서의 수립과 민선정부의
평화적인 출범이… 12·12 및 5·18사건으로… 진실이 무엇
인가를 밝히고 책임자들을 단죄하여… 불행한 과거사를 청산
해야 할 시점에… 본인도 국정을 담당했던 한사람으로서…
나름대로 최선의 노력을… 정의로운 선진조국을 창조하려는
개혁의지를… 국민이 모두 책임질 수밖에 없는… 역사는 그
자체로서 존재하는 것이지 바뀌지도 않고… 평가의 대상이
될 수는 있어도 심판의 대상이 될 수는 없다는 생각

이후 오만날, 그랬군요 멎겨요 되모시 망둥이 가로걸음 치는
잦감 사시랭이 학원가방 날 잡아 잡수 감풀 소금구멍 맛 총각
지킬 건 오줌 싸면서 지킨다 개깟 아줌마 볼수록 쏠리는 눈깔
가재미 사장님 꼬부랑 주제에 톡톡 튀는 소갈머리 새우 할망구
여어 야 알짱대는 체메꾼 괭이갈매기까지 동 애물과 백두산이
마르고 다 앓도록 대한 사람 태안으로 길이 꽃 피는 산골
그 속에서 놀던 때 애가 괴로우나 즐거우나 나라사랑하세

나랏말쏘미 나라말씀이

우리는 1979년 겨울과 80년 봄을······ 불행한 과거사를 청산해야 할 시점에···

　　12 · 12, 5 · 18 및 비자금사건 논고문. 1996년 8월

본인도 국정을 담당했던 한사람으로서······ 심판의 대상이 될 수는 없다는 생각

　　전두환 피고인의 최후진술. 1996년 8월

오만날 언제나 늘

되모시 이혼하고 나서 다시 처녀 행세를 하는 여자

가로걸음 (조선어) 발을 옆으로 옮겨 걷는 걸음

잦감 밀물이 다 빠져나가 바닷물이 잦아진 때

사시랭이 어린 꼴게

감풀 썰물 때에만 드러나는 넓은 모래톱

맛 죽합

개깟 조개

가재미 (조선어) 가자미

소갈머리 마음을 쓰는 속 바탕

알짱대는 하는 일 없이 돌아다니며 비위를 맞추려고 남을 속이는

체메꾼 체면을 모르는 사람

39

진리

생량머리 땡감은 뚫고
민머리 영감은 구리다

생량머리 초가을이 되어 서늘해질 무렵
민머리 정수리까지 벗어진 대머리
영감(令監) 신분이나 지위가 매우 높은 사람

죽창 이후

개똥밭이 두둑
줄줄이 묶여 선 채
철골 곁가리
비바람 우르릉 맞으며
갈볕을 꿈꿨네

골골샅샅
꼬투리 잡힌 불겡이
달아난 적졸
뿌리 뽑힌 고춧대
들들 헤집는 트랙터 발등

오줌 찌익 깔긴
깨구락지
부룩 서리태 훌쩍 넘어
쑥부쟁이 질텅
하대치처럼 내닫네

개똥밭이 구석진 곳에 있는 밭

철골(徹骨) 몸이 바싹 야위어 뼈만 남은 상태

곁가리 갈빗대 아래쪽에 있는 뼈

갈볕 가을볕

불겡이 붉어지지 시작한 고추

적졸(赤卒) 고추잠자리

부룩 곡식을 심은 빈자리에 다른 작물을 듬성듬성 심는 일

서리태 서리를 맞으며 자라는 콩

질턱 길섶과 비탈면이 이어지는 길의 가장자리

하대치 조정래 소설 『太白山脈』 속 인물

찬이슬 무서리

아빠, 언제 와
유치원 갔다 오면 있을 거야
왜 자꾸 가는 거야
할아버지 혼자 자면 안 돼
딩동댕 끝나기 전에 온다고 했잖아
지수는 보행기 타고 놀아
엄마는 똥 눠
아빠 미워 아빤 거짓말쟁이야

애비냐, 아버진 잘 주무셨다니
긴지 잡숫구
니가 맨날 잠 못 자서 워칙헌다니
어젠 점드락 콩 뚜디렸구
오늘은 마늘 심으야여
누가 너미 일을 댕기야 말이지
그려 알었다 그려
막차 타구 불낙게 가마

딩동댕 텔레비전 프로그램

긴지 끼니로 먹는 음식

점드락 종일

너미 다른 사람의

불낙게 몹시 서둘러 빠르게

어디까지 왔나

오전 일 끝내고 대기실에 앉아
새해 달력을 떠들러 본다
삼일절 식목일은 연휴로구나
현충일과 광복절은 금요일이니
토요일 하루 월차 내고 여행이나 갈까
한 장 한 장 넹길 때마다
국적 모를 아이들 흑백사진과
『주홍글씨』보다 진한 *OILBANK* 박혀있다
살살이 꽃모가지 부러지는
서른다섯 상강(霜降)
현대정유 하청업체에 들어가서
3,950원짜리 시급쟁이로 살다 보니
즘신시간마다 장군멍군 소리치다 보니
뵈는 건 빨간 날짜 뿐
오는 즘이 걱정되지 않는구나
새벽 여섯 시 일 가던 날들이 가뭇없구나

살살이 코스모스

상강(霜降) 이십사절기 가운데 하나. 한로와 입동 사이에 들며
　　　　10월 23일경이다

시급쟁이 시간에 따라 지급되는 임금을 받고 일하는 사람

장군멍군 장기 둘 때 상대의 궁을 잡으려는 수와 이를 막는 수

즑이 겨울이

가뭇읎구나 전혀 보이지 않아 찾을 길이 없구나

그런 소리 말어

그동안 고생 많았으니
희망찬 새해는
뜨뜻한 아랫목에서 맞으라구
국가 갱제가 어려우니
고통을 분담해야지 어떡하냐구
그려 미리 크리스마스여
암만 햇빛 뉴 이어구
이런 수이견머리 읎는 늠아
부도는 늬덜이 내고
해고는 우덜이 당하냐
접때까지 만 달러 시대라고 떠들더니
오늘부터 아이엠에프 시대
아서 그런 소리 말어
누가 뭐래도 난 에프가 아녀
좆 잡고 오줌 싸기도 주체맞은 겨울
하루 벌어 하루 사는
날품팔이 맨꽁무니란 말여

국가 갱제(國家 經濟) 김영삼 대통령 말투

암만 아무럼

수이견머리 어떤 일이나 사물을 보고 갖는 생각이나 의견

아서 그렇게 하지 말라고 금지할 때 하는 말

주체맞은 처리하기 어려울 만큼 짐스런

날품팔이 하루를 단위로 치러 주는 품삯을 받고 일하는 사람

맨꽁무니 어떤 일을 밑천이 없이 하거나 그렇게 일하는 사람

여보게 안 그런가

올봄엔 휘발유 값이 1,200원까지 오른다는데 잘 됐지 뭐
그동안 국민들이 얼마나 낭비하며 살았느냐구 내가 몇 번이나
KBS에 얘기 좀 하려다 해외출장 관계로 미뤘지 하여튼 요새
근로자 애들 배불러 터졌다니까 휴일이면 산이다 바다다 새빨
개요 새빨개 아니 지가 언제부터 가족과 함께 월차 연차였냐구
회사에서 주는 밥이나 처먹고 성실하게 일이나 할 것이지
자네나 나나 빵빵거리는 소형차 등쌀에 단풍놀이 한 번 알딸딸
하게 못 다녔잖아 말이 났으니 말이지 10부제니 전용차선제니
이거 말짱 넌센스라구 바야흐로 IMF시대라는데 잘코사니야
우리야 별수 있나 국가부도 운운하며 그저 열 두서너 시간씩
으흐흐 좀 좋은가 특근수당에 생리휴가 얼씨구 잔업거부까지
땡깡부리는 빨갱이새끼들 이참에 싸그리 깡그리 정리할 수
있잖아 이왕지사 내친걸음 기름 값도 화끈하게 3,000원으로
쇼부를 봐야 돼 그래야 우리가 회사를 말아먹든 팔아넘기든
요것들이 고분고분 예예할 거 아니야 여보게 안 그런가

넌쎄스 (영어) 어리석은 생각

잘코사니야 미운 사람의 불행을 고소하게 여길 때 하는 소리

뗑깡 (일본어) 생떼

싸그리 깡그리 하나도 남김없이

내친걸음 이왕에 시작한 일

쇼부 (일본어) 승부

아닌 게 아니라

겨우내 가라앉은 무논 가뗑이 깊은 눈으로 들여다봐 물별 마지막 날 몽올몽올 필 구름뎅이 보일 거야 견성암 소나무 밑이었나 누구는 말했어 엊그제 개구리 소릴 들었어요 우수경칩도 먼 정월 열나흘 참개구리 알 낳는 소리 아닌지 몰라

산부인과에서 일하는 문학모임 회장은 오늘 중학생이 왔는데 16주였어 말 한 도막 모꼬지판 덧게비로 얹어놓고 어둑신한 개산자락 곰곰 태우더라니까 글피 그글피쯤 십 대들은 책저품 방망이 속에 맹꽁징꽁 새빨갛게 산란하지 않으려나 혹 몰라

두께비가 황소개구리 잔등이 올라탄 태평성대 오천 년 전 애긴지 윤동짓달 새뜸인지 반쪽나라 저것들이야 쇠 치고 장고 치고 생모가질 치는데 오 마이 갓뜨 흑인 가수 허여멀건 얼굴은 환갑진갑 다 지낸 올챙이 알 먹고 체한 건 아닌지 정말 몰라

무논 물이 괴어 있는 논

가펭이 둘레를 이룬 가장자리

물별 지구

견성암(見性庵) 충남 예산군 덕산면 덕숭산 수덕사에 있는 비구니 선방

모꼬지판 여러 사람이 모인 자리

덧게비 이미 있는 것 위에 필요 없이 덧보태는 일

개산 가야산

책저폼 책장과 책장 사이

방망이 시험을 볼 때 부정행위를 하기 위해 만든 종이쪽지

잔등이 등

새뜸 새로운 소식

환갑진갑 다 지낸 세상을 살 만큼 산

실업일기

−풍전池에서

오래간만이라고 눈치 한번 빠르다고 이번에 보상 나온 걸로
뽑았다고 오토에 엘피지라 그럭저럭 끌만 하다고 늦었지만
딸딸이 아빠 축하한다고 좌삼육 우삼삼 단칠장둘! 전화 좀
하지 그랬냐고 아들은 남몰래 놓는 뻐꾸기 알이 아니라고
안안팍이 아리끼리 후들후들 두 대가리 철철 팥죽땀 흘렸다고
달구리 층간소음 개부심 낮거리 감잡이 깨나 돌렸을 거라고
너나 나나 칠십까지는 뭐 빠지게 벌어야 할 거 같다고 요
호양호양한 낚싯대 얼마짜리로 보이냐고 어깻죽지 저리지
왼발 이렇지 큰 맘 먹고 개비했다고 허우대 멀쩡한 사람이
허구한 날 집구석에 엎드려 뭐 하냐고 슬슬 바람 쐬러 나오라고
이레 찌를 보고 앉았으면 김반장이든 최과장 새끼든 다 용서할
수 있다고 오늘은 봄바람 때문에 영 시마이라고 이거 잡고
집에 가서 뒹굴뒹굴 비디오나 봐야겠다고 또 만나자고

풍전池 풍전지. 충남 서산시 갈산동에 있는 저수지

안안팍이 부부가

아리끼리 (일본어) 성과에 따라 도급을 주는 방식

팥죽땀 끊임없이 흘러내리는 땀

달구리 새벽닭이 울 무렵

개부심 장마기간에 한동안 쉬었다가 다시 퍼부어 흙을 씻는 비

낮거리 낮에 하는 성행위

감잡이 성행위를 할 때 사용하는 수건

호양호양한 탄력 있게 가늘고 긴

개비 있던 것을 갈아 내고 다시 장만하여 갖춤

허우대 겉으로 드러난 보기 좋은 몸집

이레 이렇게

영 아주. 도무지

시마이 (일본어) 끝

실업일기

–목련

겨울눈

비늘잎 간지라기

봄볕이랑

열여섯

볼웃음 발그레한

꽃샘이랑

꼭지눈

말없는 작은따옴표

눈짓이랑

너랑 나랑

햇봄길

피고 지고 싶었네

겨울눈 가을에 생겨 이듬해 봄에 싹트는 눈

비늘잎 비늘같이 생긴 잎

간지라기 남을 잘 간지럽게 하는 사람

볼웃음 (조선어) 소리를 내지 않고 볼 위에 표정으로 드러내는 웃음

꼭지눈 가지 끝에 생긴 눈

햇봄길 처음으로 나서는 봄길

실업일기

-보았니

끙끙 새벽뒤
굵고 짧게
힘주어 내려놓고

쥐코밥상
국말이 한 대잡
뚝딱 3분

뷁 불 끄고
일 가던
건빵바지 최씨

새벽뒤 새벽에 누는 똥

쥐코밥상 아주 간단히 차린 밥상

국말이 국에 만 밥

건빵바지 양쪽 허벅지 밖으로 커다란 주머니가 달린 바지

실업일기

-5월 1일

오늘은 근로자의날
오진 날이지
꿈 많은 근로자는 늦잠 자고
잠 옳는 노동자야
일찌감치 출근하는 날이지

궁민의 정부 실직자들
최루탄 삼키며
우리도 일하고 싶다! 목맺히는데
노동부장관은 무엇하여
근로부장관 쫓아 저기 가셨나

오늘은 결혼기념일
곰진 날이지
누구는 부시시 밥벌이 가고
나머지야 집에서
소꿉놀이 병원놀이하는 날이지

오진 흐뭇한

궁민의 정부 김대중 정부

무엇하여 거북하고 곤란하여

곰진 생각보다 흐뭇한

부시시 (조선어) 슬그머니 일어나는 모양

밥벌이 겨우 밥이나 먹고살 수 있을 만큼 돈을 버는 일

실업일기

−어머니

봄바람에 알난 듯 나풀거리는 고추비닐 움켜쥐고 일흔 넷
구부정한 밭고랑 오작오작 오르던 어머니 실참 내온 빵 우유
사과 쪼가리 마다한 채 후우 숭늉 양재기 벌컥벌컥 들이켜고
애비두 무슨 일이든 헤야 헐 텐디 워칙헌다니

고개 수그린 고춧모 맹꽁이뎅이 소복이 올려놓고 새침떼기
손녀딸 잠재우듯 토닥거리다 씀벅씀벅 건너다보는 오십 년
부미턱거리 끄윽그윽 혼자 우니는 도래솔 묏비들기 한숨처럼
야위어 가는 진달래 진달래꽃 볕뉘

얄난 듯 얄미울 정도로 신바람이 난 듯

실참 일을 하다가 잠깐 쉬면서 먹는 음식

빵 (포르투갈어) 밀가루떡

마다한 채 싫다고 거절한 채

숭님 밥을 푸고 난 솥에 물을 붓고 끓인 물

양재기 양은그릇

맹꽁이뎅이 호미로 떠서 덮는 흙덩이

부미턱거리 호랑이가 턱을 걸치고 있는 모양의 고개

우니는 울고 다니는

도래솔 무덤가에 둘러선 소나무

볕뉘 다른 사람으로부터 받는 보살핌

실업일기

-사랑노래

딸기 한 알
담쏙 쥔
달랑달랑 걸음발

너는
자그만 개똥지빠귀
어미새

아빠, 아
아 —
딸꾹딸꾹 받아먹는

나는나는
날지 못하는
큰부리 아기 뻐꾸기

담쏙 손으로 탐스럽게 쥐는 모양

걸음발 걸음을 걷는 모양새

실업일기

-세리 팍

멋져요
SAMSUNG 모자 눌러 쓰고
넓은 그린 굽어보며
스무드한 스윙 어프로치 샷
정말 캡이에요

아침저녁 화장을 해도
갈 곳 없는 언니
질바닥에 나앉은 아빠들 앞에서
당당한 대한의 딸
우리의 영웅

우승컵에 키스하듯
싸인해주세요
대학에 가지 말고 꼴프를 쳐봐
스타가 될 거야
두 손 높이 들고 외쳐주세요

세리 팍 (영어) 박세리

그린 (영어) 골프를 하기 위해 만든 잔디밭

어프로치 샷 (영어) 가까운 거리에서 공을 치는 일

나앉은 내몰려 나가 사는

실업일기

-불내나는 생일

새벽운동장을걷다뛰다걷다새끼손가락만한풋고추네개땄어

엊저녁일은쌀세번가시고왜팥한주먹골고루생일밥밑안쳤지

현관문소리화장실물소리가만가만살살반찬그릇내놓는소리

밥상머리아이는밥냄새가이상해아빠보고엄마보고수저물고

불내나는 밥에서 연기 냄새가 나는

생일 아내의 생일

일은 물을 붓고 쓸 것과 못 쓸 것을 가려낸

가시고 깨끗이 씻고

왜팥 완두콩

밥밑 밥을 지을 때 넣는 잡곡

실업일기

-凡鳥

놀
　자
　　는
　　아
　이
　에
　게

톰과 제리 틀어주고 먹으라는 즘신 생라면으로 에끼고
바싹 마른 빨래 걷지 않고 보리차 한 주전자 끓이지 않고
논배미 희새 다 먹는디 워칙헌다니 새벽같이 오는 전화에
알었쇼 저녁때라두 약 사 갖구 가께요 걱정 말구 끊요
요번 달 전화요금이 삼만 구천 팔백 이십 원 나왔데
들어온 아내가 설거지하며 뭐라뭐라 웅얼거릴 때
화장실 문을 닫고 홍 홍 코를 풀 때

어둠침침한 봉화산자락 캄캄히 나는 바람개비 쏙독새

凡鳥 범조. 평범한 새라는 뜻으로 변변치 못한 사람을 이르는 말

에끼고 서로 비겨 없애고

희새 이화명충

봉화산(烽火山) 충남 서산시에 있는 북주산(北主山)의 서쪽 봉우리

실업일기

-남은 말복(末伏)

네 살배기 지향이는 윤주 할머니네 간다며 좋아라 하더니 냇갈 무너져 논두렁길 질퍽거려도 잘방잘방 물장낭에 온종일 소꿉놀이에 현관문 열고 폴짝 나서더니 돌아오는 길 곤히 잠들었다 아빠 저기 봐 별! 유리창에 이맛전 붙이고 반짝, 샛별눈 똥그랗더니

밤이면 이리 번쩍 저리 꽈광 쏟아져 산돌림이라는데 쓰레기 노숙자 탈주범까지 몽땅 휩쓸려도 시멘트 강사장은 옳지옳지 웃는다는데 텅 빈 의사당 의사봉 혼자 몸과 마음을 바쳐 충성을 다할 덧잠 설치면 어쩌나 4,000원짜리 태극기 팔락팔락 물초 살치마 저걸 어쩌나

여름은 여름내 휩쓸리고 남은 말복 누렇게 단풍 든 생강밭 애비야 노랑병 걸린 디다 점드락 약은 줘서 뭐헌다니 넘덜이 숭보겄다 납작 엎친 어거리풀풍년에 베포기 굽은 허리 일쓰던 어머니 이제야 끙끙 몸살풀이하실까 베갯머리 풀벌레소리 가을귀를 들쑤신다

말복(末伏) 삼복(三伏) 가운데 하나. 중복(中伏) 열흘 뒤에 든다

냇갈 냇가

질퍽거려도 땅이 질어서 신발이 빠져도

산돌림 여기저기 옮겨 다니면서 내리는 소나기

덧잠 잘 만큼 잔 다음에 더 자는 잠

물초 온통 물에 젖은 모양

살치마 천이 물에 젖어 몸에 달라붙으면서 살갗이 비치는 치마

노랑병 뿌리 썩음병

숭보겠다 흉보겠다

어거리물풍년 매우 보기 드문 큰 홍수

일쓰던 일으키던

몸살풀이 몸살이 낫도록 쉬는 일

가을귀 가을에 나는 작은 소리를 들을 수 있는 예민한 귀

실업일기
-노을 진 세상

초들초들 고춧대
시든 잎새
쭈그렁 희나리

타라
그을린 얼굴
철매 냇내
활활 타올라라

검은 재티 에도는
노을 진 세상
짚직이 갈아엎으마

잘 가라
용구새 꼭대기
홍시처럼 울지 말고
훨훨 날아가라

초들초들 (조선어) 나무나 풀잎이 시들면서 마르는 모양

희나리 상한 상태로 말라서 희끗희끗 얼룩이 진 고추

철매 연기와 그을음

냇내 연기의 냄새

재티 불에 탄 재의 티끌

에도는 곧바로 나아가지 않고 멀리 빙빙 도는

짚직이 조금 깊숙하게

용구새 초가의 용마루 위에 덮는 이엉

실업일기
-묻지 마라

아내가 울고 있다
가로등 얼비치는 방바닥에 엎드려
마파람처럼 울고 있다
묻지 마라
베갯잇 깊숙이 에는
저 소리,
꿈이 아니다
큰놈은 동화책에 묻혀
작은아이는 우윳병 물고 잠든 밤
묻지 마라
나도 이제 모르겠다
그해 겨울 이후
가정에 충실한 가장이 되어
하릴없이 집안을 지켰을 뿐……
더 이상 묻지 마라
잠이 안 온다

얼비치는 눈에 어른거리게 비치는

베갯잇 베개의 겉을 덧싸는 천

에는 칼로 도려내듯 마음을 아프게 하는

하릴없이 달리 어떻게 해볼 도리가 없이

왕배야덕배야

안면암 널다리를
쓰릿쓰릿 달음박질 건너가면
저기 있을까

들물 이는 갯벌
들랑곤이 황발이처럼
감추기장낭하던 불알친구들

열하나 열뚤 열씨 열니 열따 열여 여려들 여랍 슴!

찌름 따름 해거름
숨 가쁜 햇덧
오양깐 방석니 빠진 얼굴

조구널섬 여우섬에 숨어 있을까
그럭저럭 사노라면
발븜발븜 찜할 순 읇을까

왕배야덕배야 사는 게 힘이 들어 괴로울 때 부르짖는 소리

안면암(安眠庵) 충남 태안군 안면읍 정당리에 있는 절

널다리 널빤지를 깔아서 놓은 다리

달음박질 급하게 뛰어 달리는 짓

들물 밀물

들랑곤이 들랑거리는 고누

황발이 놓게 수컷

찌름 따름 쓰름매미 우는 소리

햇덧 해가 지는 짧은 동안

오양깐 소를 기르는 곳

방석니 송곳니 바로 옆에 있는 어금니

조구널섬 여우섬 안면암 앞바다에 있는 섬

발븜발븜 한 걸음 한 걸음 천천히 걷는 모양

찜 술래잡기할 때 술래에게 들키지 않고 돌아온 아이가 외치는 말

이 사람아

나원참 벨꼴 다 봤네
갈수록 어질머리 도지는
서울빙원 말여
나스는 건늘목이서 일낼 뻔했어
새파란 여편네가 글쎄
냅다 떠들잖어
딴 디루 가야 헌다나 워쩐다나
등짝 똥쟁인 짱알거리지
택시는 빵빵대지
안 됐어 참 안 됐더면
실성헌 아주메 같진 않던디
지끔 똑데기 듣는 겨
고개 점 돌려봐
자그매 보구 이 사람아
오나가나 앉으먼 그저 테레비
바람피는 연속극
지나새나 들여다보게 번열나지 않남

나원참 어이가 없거나 딱할 때 투덜거리는 조로 하는 말

벨꼴 눈에 거슬리는 행동

어질머리 어질병

도지는 도로 심해지는

나스는 있던 곳을 나오는

짱알거리지 몸이나 마음이 아파 짜증스럽게 울지

똑데기 똑똑히

자그매 정도에 알맞게 어지간히

지나새나 해가 지거나 날이 새거나 밤낮없이

번열(煩熱) 몸에 열이 나고 가슴이 답답한 증상

돈나무

깨끗한 거리 아름다운 도시
시민과 함께하는 풍요로운 서산건설

낚시용품 처분 세일
무료 법률상담
축 개업 챔피언 헬스 남여 회원모집
디지털 셀링 서산점 오픈
가족 초청 전도잔치
농촌회생 촉구를 위한 농민 총 궐기대회
분양 현대아파트
통신 케이블에 총을 쏘면 우리 동네 전화불통
그린 필 웨딩 뷔페
관음불상 점안 및 포교당 창립법회
소갈비 전문점 넉살집

비켜삐켜 정신읇이 내모는 의료원 앞 늬질목
붉은 신호등에 얼룽덜룽 들이비치는 드림자락 그늘막

늬질목 길이 네 갈래로 나뉜 곳

들이비치는 안의 것이 드러나 보이게 비치는

드림자락 (조선어) 길게 아래로 드리운 부분

아침식후 저녁식후 취침전

동짓달 문풍지소리에 말렛바닥 올라서는 열 발가락이 오므
라든다 어머니는 오룡골 교회 가셨나 전기장판 코드는 농바위
칡넝쿨 뻗듯 널브러지고 읍목에 벗어놓은 옷가지 시래기처럼
수둑하다 점점점 파리똥 형광등 아래 꼬드러진 걸레를 들추니
구겨진 자릿내 시계 발자국 썰썰 핑긴다 아룹목 밤잔물은
못고지 파리채만큼이나 심심한데 요강 속 머리카락 털오리
는실난실 노생지몽이다 어느새 테레비 옆댕이를 차지한 게발
선인장 뻘건 갓난쟁이 안고 한오메마냥 히죽이 웃는다

아침 식후 저녁 식후 취침 전 아침식후 저녁식후 취침전
봉지봉지 약봉지 언제까지 드실 수 있을까 시렁 눈 부채 손이
달력 한 장 뜯어 들고 부엌 문지방을 밟는다 못꼬쟁이 그림자
어른거리는 구락쟁이 더듬더듬 군불을 피운다 괭이발짝 노릇
노릇하던 소당 사르랑 밀면 뜨듯한 숭님 양재기 콩눙갱이
한 사발 들어있을까 연탄재 넉 장 담아 쪽문을 나선다 누렁이놈
왕왕 흰목 젖히는 북쪽 하늘 삐걱삐걱 가슴 시린 기러기 떼
역마살 팔자 까치밥꼭지를 넘는다 으스스 등바람 인다

말렛바닥 마룻바닥

오룡골(五龍谷) 용이 살았다는 샘이 다섯 개 있는 산후리 2구 3반

농바위(農岩) 산후리 2구 2반 허구렝이 근처 산에 있는 바위

윕목 아궁이로부터 먼 쪽의 방바닥

자릿내 오래도록 빨지 않은 빨랫감에서 나는 쉰 냄새

핑긴다 흩어진다

아룹목 아궁이 쪽의 방바닥

밤잔물 밤을 지낸 자리끼

못고지 무엇을 걸게 하려고 벽에 못을 박아 놓은 자리

는실난실 야릇하고 상스럽게 구는 모양

노생지몽(盧生之夢) 인생 영화의 덧없음을 이르는 말

한오메 정신에 이상이 생겨 떠돌며 구걸하는 여자

시령 눈 부채 손 뜻과 마음은 간절하나 능력이 없어 무엇을 하지 못하는

못꼬쟁이 못

구락젱이 아궁이

군불 필요 없이 때는 불

소당 솥뚜껑

콩눙갱이 콩누룽지

흰목 자신이 있다고 목을 빼며 힘을 뽐냄

역마살(驛馬煞) 한 곳에 머물지 못하고 늘 떠돌아다녀야 하는 액운

등바람 가난한 사람의 등이 시린 찬바람

청설모야 청설모야

청설모야 청설모야
북주산성 청설모야

시루떡 같은 낙엽 뒤지며 뭘 그리 찾고 있니
가으내 잃어버린 회오리밤 줍고 있니

옥녀정 시린 살얼음
우시시 한 해가 가는구나

청설모야 청설모야
오두방정 청설모야

꼼방울에 뙤똑 앉아 뭘 그리 생각하니
쪽마루 굄이처럼 웃던 옴마 얼굴 보고 싶니

오나가나 돌팔매질
천덕구니 청설모야

북주산성 서산시 북주산에 삼국시대 쌓은 성. 지금은 흔적만 남았다

회오리밤 동그랗게 생긴 외톨밤

옥녀정(玉女井) 북주산 옥녀봉 밑에 있는 우물

꼼방울 소나무 열매의 송이

뙤똑 작은 몸이 기울어진 채로 오똑 솟아 있는 모양

굉이 나무의 몸에 박힌 가지의 그루터기

천덕구니 남에게 업신여김과 푸대접을 받는 사람

통일호

한내(大川) 가는 길
15분 달리다가 한 5분 쉬고
여남은 내리고 너댓 싣고
통일호는 까깝하다

광천 어디쯤 왔을까
한겨울 농삿길
빈 경운기가 떵떵 앞지른다

부츠 목도리 두루마기
아맹이 세타 골덴바지 벙어리장갑
꼬박꼬박 조는 나절가웃

낯선 산날맹이 능쪽
희끔희끔한 밭골망 건너다보며
덜커덩 덜커덩 세나절
통일호는 더디다

충이고 일의 중간에 꾸물거리며 시간을 보내고

까깝하다 너무 지루하여 견디기에 힘이 든다

아맹이 (일본어) 옷깃에 달린 모자

나절가웃 하루 낮의 4분의 3쯤 지나는 동안

산날맹이 산등성이를 따라 길게 이어진 선

능쪽 (조선어) 늘 그늘이 지는 쪽

세나절 금방 할 수 있는 일을 느리게 할 때 늦는 동안을 비웃는 말

얼룩동사리

　저놈은 노상 혼자다 가재 다슬기 금붕어 송사리 미꾸라지랑
살면서 생전 어울리지 않는다 저놈은 바보 머저리 같다 송사리
들이 허겁지겁 먹이를 독장칠 때 딱부리 금붕어가 철딱서니
없이 꼬리칠 때 찬눈 뜨거나 도리깨침을 삼키지 않고 내남보살
먼눈판다 숭악헌 다슬기 녀석 꿈질꿈질 배 맞은 갓밝이 눈감땡
감 겨올르는 허구렝이 가재 뒷걸음질에 앉은자리 돌앉으며
슨하품을 한다 아무래도 놈은 특공대원 같다 모래 속 은폐하면
의뭉스럽게 모래두덩이 되고 돌 틈새기 엄폐하면 장껀 고임돌
된다 작전이 시작되는 순간 잠수함처럼 떠오르는데 저것들은
자기들끼리 갈팡질팡 부닥치며 제 살 구멍 찾기 바쁘다 짯짯이
볼수록 놈은 눈부처 닮았다 소쩍새 밤늦까지 무슨 소리로
우는지 너테 석얼음 아찬설 뭘 먹고 사는지 사람들은 모른다
애들처럼 자발머리없이 끼웃거릴 뿐이다 그렇다 이놈은 구굴
무치과 농어목 얼룩동사리다 용두사미 주제에 노박이라 동네
마다 보는 이마다 갖은소리 뭇소리로 씨부렁거린다 구구리다
꾸구락지다 개뚝지다 망태다 쪽제기다 본심이다 불뭉텡이다
도둑놈이다 꺽정이다 똥꼬다 아나 죽은좆이다

노상 언제나 변함이 없이

생전 지금까지 한 번도 해본 적이 없음을 강조하는 말

독장칠 때 독차지할 때

딱부리 크고 툭 불거진 눈

도리깨침 너무 먹고 싶거나 탐이 나서 저절로 삼켜지는 침

내남보살 알면서 모르는 체하고 관심 없는 듯 가만히 있는

먼눈판다 정신을 놓고 먼 곳을 바라본다

숭악헌 영악하고 의뭉스런

갓밝이 날이 막 밝을 무렵

눈감땡감 보이는 게 없다는 듯이 마음대로

허구렝이 태안읍 산후리 2구 2반 백화산 장군대지 아래쪽 지역

슨하품 흥미 없는 일을 할 때에 나오는 하품

장꾄 얼마 되지 않은 짧은 시간에

짯짯이 주의를 기울여 빈틈없고 자세히

눈부처 눈동자에 비치어 나타나는 사람의 모습

밤늧 밤나무의 꽃

너테 얼음 위에 물이 다시 얼어서 여러 겹이 된 얼음

석얼음 물 위에 뜬 얼음

아찬설 섣달 그믐날

자발머리없이 언행이 가볍고 참을성이 없이

노박이 한곳에 오랫동안 머물러 있는 사람

갖은소리 갖은 것이 없으면서 갖은 체하며 뻐기는 듯이 하는 말

뭇소리 여러 사람이 이러니저러니 하는 말

아나 상대의 분수에 맞지 않는 희망을 비웃을 때 하는 말

마흔

거북이 간다 느릿느릿

한나절 영락없는 거북이걸음이다

아기거북 따라간다 어름사니 외줄 타듯

한살매 목멘 길복

리

리

리

자

로

끝

나

는

정강말

책상 아래 침대 밑

긴다

어름사니 남사당패에서 줄을 타는 사람

한실매 평생

길복 길을 많이 걷거나 자주 걷게 되는 일을 놀리는 말

정강말 아무것도 타지 않고 제 힘으로만 걷는 일을 놀리는 말

고드름

야트막한 나래 햇살 고운 겨울날

어머니 젖은 가슴이 나를 키웠다

나래 초가지붕을 덮기 위하여 짚으로 엮은 이엉

줄을 선다

줄은 길수록 좋다 꿍얼꿍얼 근부리 사발시계 밀치고 나왔으니까 소소리바람 불어야 용코없다 애들 학교 보내기란 학부모 줄서기 아니더냐 동동 발 구르기 말고 뭐 있더냐

연태 한 시간 지났냐는 둥 대림아파트 아줌마는 두 시간째 말뚝이라는 둥 저러다가 미달이면 얼마나 쑥스럽겠냐는 둥 뒤쪽에 커피 끓여온 마담 없냐는 둥 선머리 아저씨는 꼿꼿하게 서 있으니 들어가면 사모님한테 사랑받겠다는 둥

부허옇게 새는 하늘 여섯 여덟 열 열 두 마리 기러기 쌍시옷자 긋고 날 좀 보 소오 날 좀 봇 손즌화기 여기저기 안달이 나고 여보야 암탉걸음 아기똥아기똥 나오고 들어가고

쥔 주먹에 하품을 한다 주차장 쪽으로 스르시 기운 소름턱을 비빈다 은행나무는 수십 년 욍욍거려 어떻게 살았을까 줄이 옳는 자는 천상 줄을 서야 한다 한 번 선 줄은 끝끝내 벗어날 수 없다 이제나저제나 선자리걸음 동살이 잡힌다

근부리 못마땅하여 짜증을 내는 짓

용코없다 뾰족한 방법이 없다

연태 지금까지

선머리 여럿이 선 줄의 앞쪽

스르시 (조선어) 소리 없이 슬며시

천상 어쩔 수 없이

선자리걸음 (조선어) 제자리걸음

동살 새벽에 동이 틀 때 비치는 햇살

산방문답

白木蓮

無色界天 벙글던

작은따옴표

色卽是空인가

大雄殿

斷身供養하는

木理

億劫輪廻 業이라

彼岸 鏡池

외나무다리 건너는

봄바람

도루아미타불 할!

* 이른 봄 목련 보러 갔더니 개심사 안마당 밑동뿐이더라.

산방문답(山房問答) 스님이 머무는 방에서 서로 묻고 대답함

無色界天 무색계천. 삼계(三界) 가운데 하나. 색계(色界) 위에 존재하며
　　　　　육체와 물질의 속박에서 벗어난 정신적인 사유의 세계

色卽是空 색즉시공. 보이는 것은 모두 인연에 따라 만들어지고 소멸하는
　　　　　것이지 실존하는 게 아니라는 말

大雄殿 대웅전. 석가모니불을 모신 본당

斷身供養 단신공양. 몸을 잘라 부처 앞에 바침

木理 목리. 자른 나무 표면에 드러나는 나이테

億劫輪廻 억겁윤회. 무한히 긴 세월 동안 삶과 죽음을 반복함

業 업. 먼저 세상에서 저지른 일 때문에 이 세상에서 받는 갚음

彼岸 피안. 사바세계 저쪽에 있는 깨달음의 세계

鏡池 경지. 개심사 마당 아래 있는 연못

도루아미타불 중이 평생 동안 아미타불을 외우지만 효과가 없다는 의미.
　　　　　애쓴 일이 한순간의 실수로 아무 소용없게 되었다는 말

할 선원(禪院)에서 말이나 글로 전할 수 없는 도리를 나타내 보일 때나
　　배우는 사람들의 어리석음을 엄하게 꾸짖을 때 하는 소리

안떼나를 세운다

굴뚝모캥이 돼지울간 옆댕이 벤소 추녀머리는 몽땅 헛적꿈
이다 보매보다 무끈한 하우스 철장대 테레비 안떼나를 둘러메
고 위팔에 줄을 서리며 대추나무 밑둥거리 훗청훗청 들이민다
운동화를 벗어놓고 감나무 가쟁이 대롱대롱 따랑귀 뛴다 마당
솔나무 버국 발발 딛는다

어머니는 동탯국이 식는다며 쫓아 나와 빗댕이 든 채 손채양
하고 올려다보고 팔순 아버지는 방문 앞에 앉아 안 되여 안
뵈여 헛손질하고 군기침하고 바람 잘 날 읎는 까치집 꼬약꼬약
부애난 소리 이우지 개 짖는 소리 장꽝 바텡이 장물 바텡이
버캐 물고 기함을 하고

영락읎이 머리 풀고 죽은 여인네 모습이라는 백꽈산(白華山)
산뒤 지마골에서 명당을 찾는 일은 애초에 글렀나보다 마당귀
주저앉아 얼굴을 문지른다 그럴싸한 자리마다 명당이 아니면
뽕나무 등걸 땀 들인 자리에 안떼나를 세운다 서낭댕이 쪽으로
지그시 목고개를 돌린다

무끈한 제법 묵직한

위팔 어깨부터 팔꿈치까지의 부분

따랑귀 두 손으로 붙잡고 매달리는 짓

버국 굵은 나무의 겉껍데기

빗댕이 아궁이에 불을 땔 때 땔감을 밀어 넣는 데 쓰는 막대기

군기침 일부러 하는 기침

꼬약꼬약 목소리를 높여 계속해서 외치는 소리

부애난 성난

이우지 이웃집

장꽝 바텡이 장독대 항아리

장물 간장

버캐 소금기가 엉겨 말라붙은 찌끼. 입가에 침이 말라붙은 찌끼

기함 갑자기 기력이 떨어져 폭 주저앉음

산뒤 산후리(山後里)

지마골(陣馬谷) 예전에 군인들이 진을 치고 말을 기른 산후리 2구 2반

서낭뎅이 산후리 2구 2반에서 3반으로 넘어가는 고개

목고개 (조선어) 고개

어항청소 하는 날
-어느 수요일

마중물이 나서서
구메구메 똥을 찾는다

가재똥 송사리똥 미꾸라지똥 드렁허리똥

고무대야 한복판
온갖 똥들이 줄레줄레 나온다
다슬기 껍데기도 있다

사는 건 똥을 가리며
알음알음 똥물을 마시는 건가
똥을 뽑아 놓고
대야에 둥둥 뜨는 얼굴을
바라보는 건가

꾸정물이 맴돌며
물밑물밑 똥을 뭉친다

마중물 물을 끌어올리기 위해 먼저 들이는 물

구메구메 남모르게 틈틈이

알음알음 서로 알고 지내는 관계

꾸정물 깨끗하지 못하거나 썩은 물

금수강산

나무말미
들릴 듯 말 듯
참매미가 울고 있다

소나무 보굿
흙 묻은 등거리 벗어놓고 떠난
형제를 찾고 있다

먼 길 왔는데 조금만 기다리면 만날 수도 있으니……

비정규직보호법으로 때운 출입문
꼬박이 열지 못한 맨손
계산원 어머니들이

울고 있다
보일 듯 말 듯
우리 안에 갇혀 있다

나무말미 장마 중에 날이 잠깐 개어 풋나무를 말린 만한 겨를

보굿 굵은 나무의 겉껍데기

등거리 여름 홑옷

먼 길 왔는데 조금만 기다리면 만날 수도 있으니…… 노무현 정부 시절, 상암동
        홈에버 월드컵몰점에 경찰 봉쇄로 갇힌 이랜드 상암동 노조 대의원
        강혜정(49세)씨가 아들 박상우(17세)에게 보낸 문자

꼬박이 고스란히 그대로

비 갠 아침

-청산수목원에서

연잎치마 살랑살랑 겁꾸러기 물방울
오래오래 나팔꽃 개구쟁이 풍경소리
卍길섶 퐁당퐁당 네 발 나온 올챙이
달랑말랑 한 자밤 실잠자리 조 날개
정말정말 동동대는 김이지수 신발코

청산수목원 태안군 남면 신장리에 있는 연꽃 수목원

오래오래 꽃 속에 있는 개미를 부르는 소리

卍길섶 만자(卍字) 모양으로 꾸민 길의 가장자리

자밤 세 손가락으로 집을 만한 정도

문자 1

물 위 떠다니는 게 뭐였지?

3월 오일장 조센징 빠가야로
4월 동혈산 하늬 진달래
5월 개천 아이들 붉은 그림자
6월 효순이미선이 "I am happy!"
7월 운동장 소금쟁이 발자국
8월 지리한 장마 끝 알 수 없어요
9월 부용꽃 스물일곱 송이
10월 우복동 서리병아리 물신선
11월 잠시 쉬러 간 불꽃
12월 안면도 콘돔 개목항 타르
1월 너듸 떠난 짚둥우리
2월 화수미제 곡두 여우 꼬리
봄 여름 가을 겨울 그리고 봄 동자승 웃음

오직 예수!

물 위 떠다니는 게 뭐였지? 친구 신현두가 내게 보낸 문자

우복동(牛腹洞) 재난과 외침이 없다고 전해지는 상상 속의 마을

타르 (영어) *끈끈하고 검은 액체* 기름덩이

곡두 없는 것이 있는 것처럼 보이는 현상

오직 예수! 신현두에게 대답으로 보낸 문자

약수터

-개산에서

삼복염천
샘솟는 물이라
선한가

꽁꽁 눈 녹은
상사목 노루 등허리
먹진 무명치마
바지저고리
고꾸라진 달구름

사시장철
똑같은 소리라
짠한가

상사목 아래로 골짜기가 보이는 두드러지게 솟은 지형

먹진 살갗 속에 시퍼렇게 피가 맺힌

문자 2

주권은 양키에게 독도는 쪽발이에게……

왕매미 낮잠시간 삐릭 삐릭 손즌화기 우는데
주자는 건지 줬다는 건지 말줄임표 때문인지
구적거리는 장마 골치 아픈 노안을 탓하다가
두멍 속 동동 뜬 물땡땡이 같은 승미응 하나

둔 모아서 금강산 가자 완전히 쥑여준다!

주권은 양키에게 **독도는 쪽발이에게……** 친구 고윤재가 내게 보낸 문자

구적거리는 맑거나 깨끗하지 못하고 너저분하며 궂은

두멍 물을 담아놓고 쓰는 큰 항아리

승미응 성과 이름

둔 모아서 금강산 가자 완전히 쥑여준다! 고윤재에게 대답으로 보낸 문자

입추

왱 왱 왱 왜앵

물렁감나무
매암

수수모개
호살 때

배동바지
햇귀

물꼬 보는
아버지

뒷짐 진 삽자루

입추(立秋) 이십사절기 가운데 하나. 대서와 처서 사이에 들며
　　　　8월 8일경이다

매암 매미

모개 이삭이 달린 부분

호살 때 출렁거리거나 흔들려서 흥겨울 때

배동바지 벼 이삭이 나오려고 대가 불룩해질 무렵

햇귀 해가 솟아오를 때의 햇살

물꼬 논에 물이 넘나들도록 만들어 놓은 좁은 길

늦더위

녹두 꼬투리
톡톡
토라지는 뜰안

대창말레
문턱
드렁드렁 돋울 때

석류 그늘
뒤란
물 찌었는 어머니

찌웃 찌웃
큭큭
한눈파는 애매미

대청말레 대청마루

찌었는 흩어지게 뿌리는

뒤란 집 뒤쪽 울타리 안

진리 이후

얼·먹·은·땡·감·은·우·려·도·뜳·고
꿀·먹·은·영·감·은·더·져·도·달·다

얼먹은 속으로 상처를 입은

우려도 떫은맛이 빠지게 물에 담가도

뎌져도 죽어도

고향에 오신 것을 진심으로 환영합니다

오여여여 바둑이 같은 증손주 코스모스 감잎 즘신상을 문주
방에 차려놓고 부웅 떠난 소꿉마당 추녀 밑 펭생 쪼그려 산
똥아리 할메야 아닌 게 아니라 수챗구녕으로 참새새끼들 포릉
포릉 내리든 도둑꽹이 납작 엎드리든 이제야 한갓진 집구석
구멍통이나 개안히 서룻고 앉아 까치집 건너다보며 오물오물
해동갑할 일인데 홍시 두어 개 호호 문질러 유모차에 태우고
따다닥 달라붙는 땅개비 녀석은 업고 아이그 허리야 콩밭머리
호박 잎새기 젖혀보며 수그린 해바라기 찔룩이 들여다보며
고여니 정갱이 긁으며 고시랑고시랑 수원할메네 마실가는
길 찬찬히 댕겨오슈 구렁찰 벤이삭 설멍설멍 인사하는 백로
모가지 오냐오냐 끄덕거리는 수랑배미 허수아비 고향

오여여여 바둑이 강아지

똥아리 짐을 머리로 일 때 머리에 받치는 둥근 모양의 물건

수챗구녕 집안에서 버리는 허드렛물이 흘러 나가는 구멍

한갓진 한가하고 조용한

구멍통 설거지통

개안히 산뜻하고 시원하게

서룻고 닦아 말끔하게 치우고

해동갑 해가 질 무렵까지 계속함

땅개비 방아깨비

고여니 아무런 까닭이나 실속이 없이

정갱이 무릎 아래 앞 뼈 부분

마실가는 이웃집에 놀러가는

구렁찰 늦게 익는 찰벼

수렁배미 늘 물이 많아 흙이 무른 논

한로

빈 그네 옆
철없는
쓰름매미 지늘킨다

찌잉얼 찌잉얼 끄 끄

운동마당
무릎 깨진 지집애처럼
목 쉰 낮결

버즘나무는
순복이 큰아베보다
무심타

한로(寒露) 이십사절기 가운데 하나. 추분과 상강 사이에 들며
　　　 10월 8일경이다
지늘킨다 시원스레 울지 못하고 가쁘게 숨을 쉬듯 운다
낮결 한낮부터 해가 질 때까지 시간을 반으로 나눴을 때 앞 시간
버즘나무 플라타너스나무

청둥호박

개심사 경지
호박 한 뎅이 둥둥

뭐야 헐
어디서 굴러든 놈이지
깔깔깔 손가락질
인증 샷

(내남보살)

장좌불와 저 화상
귀먹고
얼굴 잊번진
한단지보 시심마

공중 무심결에
홍안납자 야롱야롱

청동호박 겉이 단단하고 씨가 잘 여문 늙은 호박

개심사(開心寺) 서산시 운산면 신창리 상왕산에 있는 절

장좌불와(長坐不臥) 오랫동안 눕지 않고 꼿꼿이 앉아서 하는 수행

한단지보(邯鄲之步) 함부로 남을 따라하면 안 된다는 의미

시심마(是甚麽) 이것이 무엇인가라는 모든 것에 대한 근본적인 의문

무심결에 아무런 생각이 없어 스스로 깨닫지 못하는 사이에

등셍이별

2007년 12월 18일 12시
떼꾼한 눈, 감았다

(그래…… 그래……)

오룡골 부잣집 맏이로 태어나
막내에게 시집갔으나
아이를 낳지 못한 큰엄마
또루또루 어부바 다섯 두렁치
땅꼴 앞지락 풀러놓고
박꽃 필 때 별등셍이 넘어갔다가
까치보다 가뿐히 내려오던

(우리 옴마, 돌아가는 길)

옥수천 울논둑
풍년초 소맷자락 시이시이

또루또루 어린 아이를 손바닥에 세워놓고 서있는 동안 내는 소리

어부바 어린 아이에게 등에 업히라고 내는 소리

두렁치 포대기

땅꼴 땅꽈리

별등셍이 별의 등마루

가뿐히 가볍고 편한 상태로

옥수천(玉水川) 백화산에서부터 산후리 2구를 지나 바다로 흐르는 개울

울논 바닥이 깊고 물길이 좋아 기름진 논

풍년초 개망초

시이시이 급하게 걸어갈 때나 일을 할 때 습관적으로 내는 소리

갈비탕농사

누가 농한기라구 지랄여 누구긴 안방마님 테레비지 눈 뻤나
육갑허구 자빠졌네 나무 안 헌지 십육 년챈디 요새가 더 바뻐
암만 열나절 호라시라 가구두 안 닿남 나원참 자거품 났어
가두 가두 만대니께 즉으나허면 내부쳐둬 시절피들 말구 허긴
젱일 죽가래질허야 뭐혀 오도바이만 오르르 대드니 꼴값떠는
청첩장두 오잖남 웬걸 모린 자그만치 니 그릇여 십팔만 원
으흐흐 후분지여 접 때 우덜은 이짝저짝 대삿집 일물다가
꿩 울었구면 기여 즘내 써댕기는 갈비탕농사 됩세 배곯으니
뭔 농사를 지야 될지 당체 갈량 뭇허것어 심서리가 수이정찮은
소릴랑 말어 요샌 환경미화원 자리두 시험 친댜 누가 아니랴
들어가 봤자 용쓰지 뭇헐 물건 줏어 담자구 으실으실 꾑말
춧씌는 짓 아녀 어허 저녁참 되니 또 오시네 올갉은 풍년
들겨 말허면 물풍년 바람풍년 일풍년 빚풍년 정초부터 퍼붓는
꼴새가 여름내 쏠개미 장 스게 생겼구면 사람 대놓고 멎주긴
그나저나 이도러 박이장은 통 방송두 읎어 넘이사 각시는
농공단지 댕기느라 사철 느직이 오더먼 들어가세 출출헌디
알긴밴 언 발치 가레침 밭어야 넘새부끄린 노릇이지 칵 퉤!

128

호라시 살림살이를 혼자 맡아 꾸려가는 처지

가구두 안 닭남 어림도 없남

자거품 시고 아픈 증상

가두 가두 만대 좀처럼 끝이 나지 않는 경우를 빗대어 하는 말

즉으나허먼 웬만하면

시절피들 바보짓하지를

죽기래 곡식이나 눈 따위를 한곳으로 밀어 모으는 데 쓰는 기구

꼴값떠는 격에 맞지 않게 아니꼬운 행동을 하는

후분지여 아무것도 아녀

일물다가 부조금을 내다가

꿩 울었구먼 꿩이 날아간 자리처럼 아무것도 기대할 수 없게 되었구먼

기여 그래. 맞아

됩세 일반적인 생각과는 반대되거나 다르게

갈량 어림으로 대강 짐작하여 헤아리는 일

심서리 무엇을 맡기기에 믿음직한 일꾼

수이정찮은 마음에 썩 내키지 않는

굅말 촛씨는 허리춤을 올리는

올갚은 올해 가을에는

꼴새 모습을 낮잡아 이르는 말

쏠개미 장 스게 큰비가 내리기 전에 작은 개미들이 줄을 지어 이사하게

멎주긴 무안하게 만들긴

이도러 이웃에 사는

넘이사 다른 사람이야

알긴밴 알기는. 약간 빈정거릴 때 쓰는 말

넘새부끄런 남에게 비웃음을 받을 정도로 부끄러운

봄눈

오죽하면
여태 있다 봄눈일까

소한대한 쇠눈길
삭풍 소리
개 짖는 밤 덮지 못하고
立春大吉 대문 밀치고 나서더니
경칩 지난 무논
참개구리 콧등에 뒹구는

한 꼬집 눈물
애오라지 봄눈일까

쇠눈 쌓이고 다져져서 잘 녹지 않는 눈

삭풍 겨울철에 북쪽에서 불어오는 찬바람

경칩 이십사절기 가운데 하나. 우수와 춘분 사이에 들며 3월 5일경이다

꼬집 엄지와 검지로 집을 만한 정도

애오라지 마음에 부족하나마 겨우

남은자

신 현 두

살면서 답답한 일이 생겨도 아쉬운 소리 한마디 않는 친구 녀석이 내게 부탁이 있단다. 신나는 일이다. '시'집을 내려는데 발문을 써 달란다. 대신 딸내미 주례를 서 주겠단다. 평소에 나는 장사치 같은 유명인사보다 진심어린 축하를 해 줄 수 있는 친구가 주례를 서는 게 낫겠다고 말했는데 그걸 조건으로 달고 나온다. 품앗이할 요량으로 그러자고 했지만 발문이 영 개갈 안 날 것 같아서 걱정이다.

친구는 실천을 금쪽같이 여긴다. 실천이 따르지 않는 말은 시쳇말로 대한다. 흔한 인사말조차 싫어한다. 내가 군에 갔을 때 부모님, 특히 어머니는 내 사진을 붙들고 한 달을 눈물

찍어내며 사셨다. 친구는 상심한 우리 부모님을 입바른 소리로 위로하기보다는 몸으로 아들노릇을 했다. 혼자 내 방에서 지내며 여러 날 바쁜 일손을 덜어주었다.

친구는 결정을 하고 나면 무서우리만치 최선을 다한다. 삼십 년이 지난 지금도 몇몇이 모이면 종종 웃자고 들추는 얘기지만, 명절 때 친구가 윤재랑 기문네 집에 가게 되었다. 윤재가 지름길로 가보자고 반농담조로 말했는데, 길도 없는 험한 산 정상을 넘어간 우직함, 도착해서 내온 음식상 앞에서 맛있게 먹자는 말에 친구는 간장까지 남김없이 비웠다.

이런 일도 있다. 매사에 적확했던 친구는 기문이가 5분정도 늦게 오자 5분 전에 만나기로 했던 기문이가 아니라며 자리를 떠버렸다. 고지식하고 까다로운 사람으로 보일지 모르나 다른 친구들까지 뭐든 철저하길 바라는 친구였다.

지천명을 넘겼음에도 불구하고 캥거루족으로 사는 나에게 친구는 용기와 힘을 주는 스승과 같다. 과거를 돌아보게 하고 현재와 미래의 길잡이가 되어준다. 난관에 부딪쳐 갈팡질팡할 때마다 친구의 조언 덕분에 쉽게 마음을 정할 수 있었다. 내세울 것 없는 삶이지만 평범하게나마 내가 우리 가족을 지키며 행복하게 살 수 있도록 버팀목 노릇을 해준다. 채찍도 되어

준다. 이런 친구의 한 면을 엿볼 수 있는 편지를 소개한다.

'······ 언젠가 그 언젠가는 하던 그날, 그날이 비록 죽음 이후의 주검들 위에 내리는 똥파리 위에 내리쬐는 찬란한 태양이거나 미래 이후에 오는 미래일지라도 나는 가고 싶다.

워낙 골때리는 녀석이라 여겨 그랬는지 신병 때부터 계급에 맞지 않는 생활을 할 수 있었고 수없는 말을 들었지만 모두 거절했다. 이제는 앉아있어도 보이고 무슨 말을 해도 우스울 뿐이다. 그래 웃는다. 웃다가 생각하면 왜 웃는지 몰라 웃는다. 내게 새로운 해는 없지만 그래도 계획하려고 서성이련다.

누구는 말한다. 많은 것이 의미가 없을 정도로 사소한 것이고 논할 것이 못된다고. 그래도 내년엔 욕을 하지 말아야지 여자친 구하나 만들어야지. 현두, 을축년 소박맞을년에는 새로운 생활 이 되어야겠지. 기다리던 날이 보일 테니 웃음 잃지 말길. 쉽게 용서하는 칠푼이 도인처럼 내일을 설계하지 말길.

복귀하면서 국어사전 한 권 샀다. 내년 봄 이후를 보아 준비한 것이다. 이제 나를 다스리는 신을 찾았다. 그는 항상 나를 이리저리 마구 끌고 다녔다. 걸레처럼 이끌려 자꾸 멀어져

가는 나를 온전히 처형하지 않겠다.

팔자 사납던 해도 하루 남았다. 모두 묻고 남는 게 있다면 신과 함께 골인장시켜야겠다. 벗 벗 벗아, 클라인 씨의 병이 생각난다. 고흐는 왜 자기 귓뿌닥을 잘랐을까. 킹 크림슨의 문 차일드를 듣고 싶다.

억울하다는 말은 변명이고 비겁일지 모르지만 포기할 수 없는 이유다. 모두가 두려워하거나 비웃고 있다. 어리석게 사는 일이 얼마나 어려운가. 내게는 심각하지만 소용없는 일이 라 더는 말 못하겠다. 건강 믿으며, 어느 멀쩡한 오후 김병섭.'

첫 휴가를 다녀가고 나서 내게 보낸 편지다. 개인 생활과 생각이 멈추는 열악한 군대에서, 모든 것을 버리고 다시 일어나 그날을 이루기 위해 계획하고 실천하려 사전을 하나 사오는 그의 단호함, 뜻을 이루고야 말겠다는 의지가 느껴진다. 재미로 읽는 소설이나 먹고살려고 들입다 외우는 영어사전이 아니라 '국어사전'이니, 언젠가 '시'집이 될 수밖에 없었다.

친구는 남성 중심적인 생활방식을 지양한다. 공중화장실 앞에 줄을 서는 여성들을 보면 안쓰럽다며, 사람들이 좌변기에 앉는 법부터 다시 배워야 한다고 구시렁거린다.

　무엇보다 일부 공직자들이 관례라고 변명하는 구조적이고 근본적인 문제를 신랄하게 비판한다. 때문에 친구는 사람들이 모인 자리에 가면 원칙론자, 무정부주의자, 심지어 빨갱이라는 소릴 듣는다. 하지만 친구가 젊은 날을 보낸 시골집 방 벽에는 대형 태극기가 걸려 있어 그의 마음을 짐작케 한다.

　이십여 년 전에 친구가 청년회 활동을 하면서 시화전을 했다. '김병섭'이라는 이름을 찾을 수 없어 궁금해 하니, 어쩔 수 없어서 '남은자'라는 필명을 썼다고 했다. 어울린다.

　몸이 둔한 나는 학교 다닐 때 체육과목을 별로 좋아하지 않았다. 한반이던 친구 역시 체육이 탐탁한 과목은 아니었다. 배구를 하면 다른 학우들은 힘찬 공격으로 실력을 과시했으나 친구는 상대방이 받기 좋게 공을 띄워주며 즐거워하곤 했다. 친구는 '남은자'가 뒤처진 자기모습이라고 말하지만 저만 잘 살자고 날로 영악해지는 세상에서 더불어 살고자 하는 모습 같다. 뒤에 남아서 아름다운 옛 터전을 지키려는 사람 '남은자', 그다운 생각이다.

　친구는 개량한복을 즐겨 입는다. 학생들의 논술을 도와주려 집을 나서면 꼬맹이들이 웃으며 묻는다. "어디 가요?" "그짓말

허러 간다." 천연덕스럽게 대답한다. 스스럼없이 세대를 넘나드는 그의 '그짓말'에 엘리베이터 안이 밝아진다.

언젠가 내가 안전띠 미착용으로 범칙금을 부과 받고, 안전띠 미착용은 운전자만 상하는 것이니 문제 될 게 없고, 번호판 훼손이나 캥거루범퍼 부착은 남을 해하는 일이니, 그쪽을 단속해야 하는 게 아니냐고 투덜거렸더니, 친구는 명쾌하게 '국가재물손괴죄'라고 판결을 내렸다.

사실을 분석한 진실이, 풍자와 해학으로 승화되어, 기맥힌 그짓말로 탄생한다. 아니 좋아할 수 없다. 오늘도 갈친다고 찾아가서는 이런 그짓말로 학생들과 학부모를 홀리고 있을 게다. 훔쳐보고 싶다. 친구는 자신이 아프면 승질내고, 남이 아프면 앓아눕는 이인지라 사실과 그짓말을 풍자로 버무려, 그들의 고통을 보듬어 주면서 겉으로 웃고 속으로는 울다가 돌아올 게다. 그렇게 '시'가 됐을 게다.

그런데 암만 봐도 나에게 '시'는 어렵다. 미안하지만 아직까지도 나 같은 이가 쓰는 '글'은 낙서로, 시인이 쓰는 낙서는 '시'로 보인다. 친구는 2001년 제10회 전태일문학상 '시' 부문 수상자다. 아마도 시 속에 녹아있는 측은지심을 높이 샀을 게다. 이런 친구가 있어 나는 행복하고 우쭐해진다. 더구나 고통스러워하는 이웃이 안쓰러워 쓰는 친구의 '시'라니……

그들을 생각하며 울고 웃는 삶이 뼈대가 되고 살과 피가 되어 나온 작품이기에 가슴이 벅차면서 아리다.

「실업일기-묻지 마라」는 일밖에 모르는 노동자가 해고되어 힘들게 살아가는 가장의 무거운 어깨가 느껴진다. "아내가 울고 있다" 무심히 중얼거리는 첫 줄부터 가슴 저 깊은 곳에서 서러움이 복받쳐 오른다. "가정에 충실한 가장이 되어 / 하릴없이 집안을 지켰을 뿐……"이라는 대목은 일하고 싶어도 일터가 없는 친구의 절망감에 먹먹해진다.

「실업일기-어머니」 편에 "애비두 무슨 일이든 해야 헐 텐디 워칙헌다니"에 이르면, 자신의 살까지 파 먹이고 떠내려가는 우렁이 껍데기 같은 노모의 삶이 안타까워 '컥' 숨이 막혀 온다. 친구는 세상의 막힌 숨통을 트기 위해 오늘도 "고개 수그린 고춧모 맹꽁이뎅이 소복이 올려놓"던 어머니 손길처럼 그짓말을 하고 있다. 그렇게 희망을 전하고 있다.

발문이 중구난방이다. 그림일기 몇 줄을 못 채우고 졸던 나에게 이런 자리를 마련해주니 영광이다. 오지랖 넓은 내 친구 병섭이가 뿌린 씨앗이 맛있는 과실이 되었으면 좋겠다. 그래서 더불어 사는 아름다운 사람들에게 이 '시집'이 보탬이 되길 기원한다. □

친절하지 않은 시, 익숙한 입말

한민자

1996년 봄. 당시 〈서산노동자문학회〉를 이끌어가고 있던 그가 작은 일터로 나를 찾아왔다. 그는 그때도 요즘처럼 마른 몸피에 헐렁한 체육복을 입고 왔을 게다. 그리고는 금방 그의 큰딸 지향이의 백일이었고, 광주 5·18묘역에 다녀왔던가. 그냥 책이나 읽으며 살던 내가 그들과 문학 모임을 함께하면서 세상을 다르게 살 수도 있다는 걸 알아가던 시기였다.

그는 서산에 적을 두고 많은 일을 해왔다. 서산지역 운동단체인 〈참일꾼 청년회〉 '문화분과' 활동, YMCA 독서토론모임 〈디딤돌〉, 학습모임 〈현실을 보는 사람들〉, 그리고 문학모임 〈글마당 사람들〉, 거기에서 뜻을 같이 하는 사람들과 새로이 살림을 차린 것이 〈서산노동자문학회 '창'〉이었다.

〈서산노동자문학회 '창'〉에서는 1995년 4월부터 매주 한 차례 모여 문예이론을 배우고 창작과 합평을 하며 문학기행, 학생독서감상문모집, 농촌일손돕기, 전국노동자문학회 연대 등 다양한 활동을 했다. 1996년 첫 번째 글모음인 『우리 가야 한다던』을 시작으로 『그놈 오는 낌새』, 『똥탑』, 『노을 진 세상』, 『빨래집게의 힘』을 엮었으며 '전태일문학상', '윤상원문학상'을 수상하는 기쁨도 누렸다.

그는 '창'을 해체하기 1년 전인 2000년 모임을 떠났지만 4권의 문집을 만드는 데 함께 하면서 언젠가는 지역문화를 담아낼 수 있는 언론지를 만드는 것이 바람이라고 말했다. 십여 년이 지나는 동안 그의 꿈 또한 충분히 실현된 것 같지 않다. 어쨌든 〈서산노동자문학회〉라는 터전에서 일군 정성이 개인적으로나마 결실을 맺으니 가슴이 설렌다.

첫 시집 『봄눈』에 실린 시들은 다양하다. 고향 이야기, 가족 이야기, 열심히 사는 사람들 이야기, 거기에 통일 · 이데올로기 · 종교 문제까지. 오랜 기간 써 온 시들을 정성들여 간추린 60여 편은 한 폭의 그림 같다. 그의 생활이 들어있고 시대정신이 온전히 살아있다.

그의 시를 놓고 합평을 할 때 가장 많이 나오는 회원들의 말은 '친절하지 않다'이다. 하지만 '친절하지 않은' 그의 시는

중의적인 단어 선택과 절제된 형식, 시에 대한 자기 자신의
엄격함 때문이다.

　야트막한 나래 햇살 고운 겨울날

　어머니 젖은 가슴이 나를 키웠다

―「고드름」 전문

　1연과 2연이 정확히 같은 글자 수로 이루어져 있으면서도
"야트막한"과 "젖은", "나래"와 "가슴이", "햇살"과 "나를"
을 교차시켜 읽는 사람으로 하여금 단순하거나 딱딱하게
여기지 않고 가락을 느끼게 하며 시가 그림과 음악이 될
수 있도록 만들고 있다. 이런 노력은 그가 그려내는 풍경
「가을소리―日樂寺에서」의 "안마당 살강살강 까치발 선 풍경
소리", "돌배 동동 배꼽 쪼록쪼록 단물 고이는 소리", "흰고무
신 콧등 옥실옥실 가을햇볕 뜸 드는 소리"로, 「비 갠 아침―청산
수목원에서」에서 "달랑말랑 한 자밤 실잠자리 조 날개 /
정말정말 동동대는 김이지수 신발코"로 시를 읽는 맛을 더해
주고 있다.

　녹두 꼬투리

톡톡

토라지는 뜰안

대창말레

문턱

드렁드렁 돋울 때

석류 그늘

뒤란

물 찌얹는 어머니

찌웃 찌웃

큭큭

한눈파는 애매미

―「늦더위」 전문

시 「늦더위」 속에는 절제된 형식이 도드라진다. 1연의
"꼬투리"와 "토라지는" 2연은 "말레"와 "문턱" 3연은 "그늘"
과 "뒤란" 마지막 4연에서 "찌웃 찌웃", "큭큭"을 사용해
연마다 통일된 어감을 살리고 있다. 또한 1연과 4연이 "톡톡"
과 "큭큭"으로 대응하고 있는 것도 그의 엄격성을 보여준다고

하겠다. 「중복」, 「풍경」, 「입추」 등도 이런 노력의 결과물이다.

어느 시엔들 그 시대 이야기가 들어있지 않을까마는 사회에서 일어나는 사건을 좀 더 직접 풀어놓은 시들은 주로 혼잣말이거나(「씨박거미」, 「뭐해 났어」, 「잠 좀 자자」, 「그런 소리 말어」, 「실업일기-5월 1일」) 대화로 이루어져 있다. 모순된 현실을 풍자하기에 적당한 대화형식으로 표현하고(「이 사람아」, 「여보게 안 그런가」, 「갈비탕농사」) 있는 것이다. "부도는 늬덜이 내고 / 해고는 우덜이 당하냐"(「그런 소리 말어」)가 '날품팔이'의 그것이고 "자네나 나나 빵빵거리는 소형차 등쌀에 단풍놀이 한 번 알딸딸하게 못 다"(「여보게 안 그런가」)닌 자기모순에 빠진 화자를 등장시켜 "요새 근로자 애들"의 삶을 모르쇠 한 채 자기들끼리만 배부르게 사는 이들을 풍자한다.

나무말미
들릴 듯 말 듯
참매미가 울고 있다

소나무 보굿
흙 묻은 등거리 벗어놓고 떠난
형제를 찾고 있다

먼 길 왔는데 조금만 기다리면 만날 수도 있으니……

비정규직보호법으로 때운 출입문
꼬박이 열지 못한 맨손
계산원 어머니들이

울고 있다
보일 듯 말 듯
우리 안에 갇혀 있다

—「금수강산」 전문

　그는 시가 가진 서사성만으로는 우리가 사는 세상에서
일어나는 가슴 아픈 일들을 이야기하기에는 부족한 점이
많다는 말을 한다. 그러다보니 사회적인 문제들을 서정적으
로 그리려 한다. 2007년 비정규직보호법이 통과되자 불거진
이랜드 비정규직 노동자들의 싸움을 "들릴 듯 말 듯" 울며
"형제를 찾고 있"는 "참매미"와 "보일 듯 말 듯" "우리 안에
갇"힌 어머니들을 겸상으로 차려낸 「금수강산」도 가슴 아프
게 읽힌다.

참새 새끼들

여윈

논틀밭틀

기우뚱 올려다보는

허수아비

쭉은 속가슴

—「작은추석」 부분

그놈

주뎅이 놀려

틈틈이 가시 박으며

뚱그렇더니

늦가을 된서리 맞아

배 터졌구나

고얀 놈

—「석류」 전문

시란 무릇 읽는 사람에 따라 여러 가지로 해석될 수 있어야
한다는 생각을 갖고 있는 그는 "늦가을 된서리 맞아 / 배

터"진 석류를, "기우뚱 올려다보는 / 허수아비 / 쭉은 속가슴"
을 우리 앞에 펼쳐 놓는다. 그는 이와 같이 그림을 그리고
이야기를 하는 데 그치지, 그림과 이야기를 해석하려고 하지
않는다. 그래서 우리는 '친절하지 않은 시'를 읽으며 상상하고,
중의적인 단어의 의미를 되새기며 나름대로 고개를 끄덕인다.

> 쌍팔년 남대문 청과물장사 홀랑 털어먹고
> 불알 밑천 달랑덜렁 삽교천 건넜어
> 칠인찌 구라인다질 삼년만 삼천만 이를 갈았지
> ―「절이 싫다 떠나면-배관사 양문기」 부분

그는 우리 이웃들이 말하는 모양을 그대로 표현해야 시에서
진정성을 높일 수 있다고 말한다. "이리 이리이리 기도"하는
배관사 양문기 씨가 하는 말 하나하나에 그 사람의 고향,
성격, 하는 일, 그리고 꿈과 욕심이 묻어나야 한다고 한다.
그래서 우리는 "평가의 대상이 될 수는 있어도 심판의 대상이
될 수는 없다는 생각"(「나랏말쏘미-고래싸움」)을 하는 "국
정을 담당했던 한사람"도 만나고 "희망찬 새해는 / 뜨뜻한
아랫목" (「그런 소리 말어」)에서 쉬어야 할 "우덜"도 만나며,
"네 살배기 쌍둥이" 아빠 조공 한만수 씨도 만난다.

똥아리 할메야 아닌 게 아니라 수챗구녕으로 참새새끼들 포롱

포롱 내리든 도둑괭이 납작 엎드리든 이제야 한갓진 집구석

구멍통이나 개안히 서릇고 앉아 까치집 건너다보며 오물오물

―「고향에 오신 것을 진심으로 환영합니다」 부분

가두 가두 만대니께 즉으나허면 내부쳐둬 시절피들 말구 허긴

젤일 죽가래질허야 뭐혀 오도바이만 오르르 대드니 꼴값떠는

청첩장두 오잖남 웬걸 모린 자그만치 니 그릇여 십팔만 원

<u>으흐흐</u> 후분지여 접 때 우덜은 이짝저짝 대삿집 일물다가

꽹 울었구먼

―「갈비탕농사」 부분

　사투리는 다른 지역 사람이 읽기에 부담스러운데 그럼에도
그가 표기하기 어려운 입말이나 사투리로 드러내 보이려는
건 뭘까. 그의 사투리는 사라져가는 고향의 어머니 뒷모습이
나 아직도 어느 구석엔가 살아있는 사람들의 쇳된 목소리와
관련이 깊다. 「고향에 오신 것을 진심으로 환영합니다」는
사투리 중에서도 단어를 이용해 표현하고("똥아리", "구멍
통", "땅개비"), 「갈비탕농사」는 태안 지역에서만 알아들을
수 있는 관용어를 사용하고 있다("가두 가두 만대", "꽹 울었
구먼"). 아무리 입에 잘 붙는 말도 시로 나타내면 버석거리기

마련인데 그의 시는 "고여니 정갱이 긁으며 고시랑고시랑 수원할메네 마실가는 길"(「고향에 오신 것을 진심으로 환영합니다」)이나 "암만 열나절 호라시라 가구두 안 닿남 나원참 자거품 났어"(「갈비탕농사」)처럼 다정하고 부드럽게 읽힌다. 이번 시집에 실린 60여 편의 시 가운데 사투리를 쓰지 않은 시는 「실업일기-묻지 마라」, 「봄눈」 등 불과 몇 편에 지나지 않는다.

그의 시에는 "백꼬산 산뒤 지마골"에서 나고 자란(「안떼나를 세운다」) 이만이 경험으로 알 수 있는 절기들이 명료하게 그려져 있다. "배동바지 / 햇귀"에 "물꼬 보는 / 아버지"가 "뒷짐 진" 입추(「입추」), "왕매미소리 / 쉭헌 / 소꿉마당"에 "통통 / 솔개그늘 찾는 / 쏙수리감" 중복(「중복」), "빈 그네 옆 / 철읊는 / 쓰름매미"가 "찌잉얼 찌잉얼" 울다가 "목 쉰" 한로(「한로」). 우리가 익히 알고 있지만 잊고 있는 것을 그는 시로 정확하게 표현하고 있다. 지금도 어느 골짜기에는 무슨 꽃이 벙글고 무슨 열매가 익는지 짐작하며 사는 그에게 절기란 어린 시절에 대한 그리운 정서를 넘어 변화를 갈망하는 시대의 낌새를 노래하는 소재인 듯 보인다.

그의 시에는 외래어나 한자어, 어려운 개념어는 꼭 필요한 경우를 제외하고는 찾아보기 힘들다.

멋져요

SAMSUNG 모자 눌러 쓰고

넓은 그린 굽어보며

스무드한 스윙 어프로치 샷

정말 캡이에요

아침저녁 화장을 해도

갈 곳 없는 언니

질바닥에 나앉은 아빠들 앞에서

당당한 대한의 딸

우리의 영웅

우승컵에 키스하듯

싸인해주세요

대학에 가지 말고 꼴프를 쳐봐

스타가 될 거야

두 손 높이 들고 외쳐주세요

—「실업일기-세리 팍」 전문

이 시는 "SAMSUNG"이라는 고유명사를 제외하더라도

1연에서만 "그린", "스무드", "캡" 등 외래어를 사용해 1998년 외환위기에 "질바닥에 나앉은 아빠들 앞에서" "세리 팍"을 "영웅"으로 비춰 주는 언론을 힐난하고 있다. 또한 일본어는 기성세대의 타성이나 관례를 비판할 때(「여보게 안 그런가」, 「실업일기-풍전池에서」) 쓰고 있다.

> 알고 있었니
> 소 판 목돈 훔친 소년
> 그의 눈에 흙이 들어가기 전
> 긔 눈에 필이 박힌 아픔
> 바다를 막아 獄土로
> 왕회장 空法
>
> —「뭐해 놨어」 부분

이 시에서 사용된 한자 "獄土", "空法"은 "玉土"와 "工法"을 바꿔 쓴 것으로 서해안 천수만 지역에 폐유조선으로 바다를 막고 광대한 간척지를 만든 것을 풍자하고 있다.

> 장좌불와 저 화상
> 귀먹고
> 얼굴 잊번진

한단지보 시심마

—「청등호박」부분

이 시도 마찬가지다. 내용으로 짐작할 때 시 속의 어려운
개념어는 풍자를 하기 위해 쓰인 것으로 보인다.

그는 시에 아름다운 어감과 운율을 살리기 위해, 우리에게
"배동바지", "생량머리", "집알이", "초슬목", "낮결", "꽃
잠" 같은 말들을 되살려주고 "까치밤", "손저음", "볼웃음",
"초들초들", "선자리걸음", "능쪽" 같이 낯선 말들을 선보인
다. 또한 "달구름", "벗나래", "꼬집", "바람창", "물별", "햇
봄길", "살치마"를 소개한다. 이 가운데 "바람창", "물별",
"햇봄길", "살치마"는 그가 만든 말이다.

「실업일기」 연작은 이 시집 『봄눈』의 축소판이다. 산재와
실업의 문제를 능청스레 풀어내는 「실업일기-풍전池에서」
를 시작으로 총 12편의 시를 시간의 흐름에 따라 싣고 있다.
외환위기 시절 목련꽃 봉오리를 보며 위태롭게 흔들리는
모습(「실업일기-목련」), 뿔뿔이 흩어진 동료들에 대한 안부
(「실업일기-보았나」), 그리고 자식을 걱정하는 안타까운 어
머니(「실업일기-어머니」)까지 오롯이 아로새겨 놓았다. 분
노하고(「실업일기-노을 진 세상」) 절망하며(「실업일기-묻
지 마라」) 미안해하는(「실업일기-5월 1일」) 그의 진한 삶이

깃들어(「실업일기-불내나는 생일」) 있다.

딸기 한 알
담쏙 쥔
달랑달랑 걸음발

너는
자그만 개똥지빼귀
어미새

아빠, 아
아—
딸꾹딸꾹 받아먹는

나는나는
날지 못하는
큰부리 아기 뻐꾸기

　　　　　　　　　　　　　　—「실업일기-사랑노래」 전문

　「실업일기」 연작시는 사랑스럽기도 하다. "딸기 한 알"을
쥐고 달려와 아빠에게 먹여주는 어린 딸과 집안에 앉아서

"딸꾹딸꾹" 받아먹는 아빠의 모습을 고스란히 그린 이 시는 그가 추구하는 서정시의 가능성을 보여주고 있다.

시집 『봄눈』의 대표적인 시가 「실업일기」 연작임을 부인할 수 없지만 시집 첫 머리를 여는 「청개구리」와 끝에 놓여있는 표제작 「봄눈」을 빼놓고 이야기할 수 없다.

밤낮 거겨가갸
말시피던 아이는
엄마를 냇가에 묻고
왜왜왜 운다더니
개밥바라기 까치밤부턴가
쪽달 오그린 바람창
찬이슬 석 달 열흘
애면글면 붙박여 있다

— 「청개구리」 전문

오죽하면
여태 있다 봄눈일까

소한대한 쇠눈길

155

삭풍 소리

개 짖는 밤 덮지 못하고

立春大吉 대문 밀치고 나서더니

경칩 지난 무논

참개구리 콧등에 뒹구는

한 꼬집 눈물

애오라지 봄눈일까

—「봄눈」 전문

「청개구리」는 "말시피던", "운다더니", "까치밤부턴가"
등 과거형 어미를 사용하면서 『봄눈』 앞자리를 차지하고
앉아 "애면글면 붙박여" 살던 시인의 젊은 시절을 애기(반성)
하고, 「봄눈」은 "여태", "봄눈일까", "뒹구는"의 현재(미래)
형 어미를 사용해 첫 시집을 갈무리하면서 시인의 삶과 시에
대한 전망을 "애오라지" 보여주고 있다.

이 시집은 그동안 그가 작업한 시들의 일부분이다. 그 중에
서 이런저런 분야의 담론을 이야기한 시와 개인의 생활을
골고루 담고 있다. 하지만 예전에 합평하는 자리에서 좋게
읽은 짧은 시가 몇 편 보이지 않아 못내 아쉽다.

20년 가까이 그를 만나는 시간마다 많은 것을 배운다. 애들과 알까기 하는 법, 사슴벌레 잡는 법, 벼가 이삭을 패는 모양, 시를 대하는 태도, 세상을 보는 눈, 요즘 나온 책, 늙어가는 모양새 등등. 나는 사람 복이 참 많다. □

봄눈

초판 1쇄 발행 2013년 12월 12일

지은이 김병섭
펴낸이 조기조
펴낸곳 도서출판 b
편 집 김장미 백은주
표 지 테크네
인 쇄 주)상지사P&B

등록 2003년 2월 24일 제12-348호
주소 151-899 서울시 관악구 미성동 1567-1 남진빌딩 401호
전화 02-6293-7070(대) **팩시밀리** 02-6293-8080
홈페이지 b-book.co.kr **이메일** bbooks@naver.com

ISBN 978-89-91706-27-9   03810

정가 8,000원

* 이 책 내용의 일부 또는 전부를 재사용하려면 저작권자와
  도서출판 b 양측의 동의를 얻어야 합니다.
* 잘못된 책은 교환해 드립니다.